KB079312

의사 엄마는
꽃, 시, 아프리카를
사랑한다

의사 엄마는 꽃, 시, 아프리카를 사랑한다

서정애 지음

Doctor's mom who loves flowers, poetry and Africa

좋은땅

시인의 말

시집을 내면서
시에는 호흡이 있고 향기가 있습니다.
그 향기는 세계를 향하여 날아갑니다.
향기는 수많은 사람들의 마음에
안식과 위로를 줍니다.
나는 오래전부터 책을 손에 잡으면 놓지 않고
단번에 읽어 버리는 책을 쓰고 싶었습니다.
지금 나는 시를 쓰고 있습니다.
나의 시가 그렇게 되었으면 좋겠습니다.
감사합니다.

2023년

산에서

서정애 저자

목차

가야님

한 동네에서 또래로 함께 자란 친구여
늘 내 옆에 바람막이가 되어 주었네
내가 어디에 있든지
님은 내가 있는 곳으로 달려왔네
오늘도 나는 그대를 사랑하고 생각하며
고마움을 전하네

close friend

Friend who grew up together
in the same neighborhood
You were always by my side as a windshield
Wherever I am you ran to where I am
As always I love you and think of you
So grateful for what you've done

성민님

사십 년 동안 살아오면서 부모 마음
아프게 한 적이 없다
고맙습니다 감사합니다 사랑합니다 축복합니다
마음에 소원하는 꿈 이루며
건강하게 행복 나누며 사세요

좋은 말

매표소에서 경로 한 장 주세요
직원이 나를 보더니
주민증을 보여 주세요라고 했다
보여 주니 너무 젊어 보여요 한다
오늘 기분 참 좋습니다

일, 인님

두 분은 환상의 콤비
한 부모 밑에서 태어난 형제라도
잘 맞지 않는데
님들은 참으로 신통방통하다

기차역

무엇이 그리도 급한지
뛰어가네
기차가 들어오고
이별이 아쉬운 아버지와 딸은
서로를 부둥켜안고 한참을 흐느끼네
아마 멀리 외국으로 떠나는 모양일세
헤어짐은 또 다른 만남이라 하지만
이별 이 순간만큼은 피하고 싶다네

선물

한 땀 한 땀
정성으로 만든 가방을
선물로 받았다
색상도 디자인도
내 마음에 쏙 든다
고마운 마음 어떻게 보답할까

성자님

모진 시집살이 견디며 자녀 셋을 키우셨네
지금 세상에서는 있을 수 없는 삶
며느리에게는 싫은 소리 안 하셨네
참으로 훌륭한 님이어라

임종

세상에서 제일 사랑하는
아버지 임종하시던 날
큰방에 누워 계시고 병든 엄마와 나는
작은방에서 뜬 눈으로 꼬박 밤을 새웠네
이튿날 오빠 가족 언니 가족들이 도착했네
열일곱 철없이 자란 나는
아버지 돌아가시고 철들었네

희주님

이십 년 전에 인터넷으로 만나 인연을 맺었네
엄마 모시고 서울에서 해운대까지 와서
보내 준 여행 사진 잘 보았네
님보다 엄마가 더 젊어 어쩜 좋을까

최고의 아내 최고의 사람

며칠 전 통화를 했는데 또 전화가 왔다
아무래도 이 말은 꼭 해야 될 것 같아 전화했다며
당신은 최고의 아내 최고의 사람이라 한다
나는 휴대폰에서 전해 오는 목소리에
귀를 기울였다
왜냐하면 남편은 그런 말을 못 하고 안 하는 사람
시집이 나오면 제일 먼저 남편께
보여 드리고 싶다

명애님

한 많은 세월을 사셨네
지금도 병원에 누워 계시네
병상 위에 누워
무슨 생각을 하고 계실까

아들을 키우며

유태인의 천재 교육을 늘 옆에 두고 읽었다
아들이 집에 돌아올 시간에는
나는 책을 읽고 있었다
엄마도 공부하는 모습을 보여 주고 싶었다

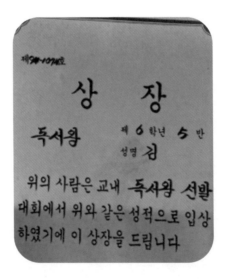

할머니

어릴 적 기억으로 어렴풋이 생각난다
할머니 집에 가면
장독대에 넣어 둔 감홍시를
살며시 꺼내어 나에게 주셨네
그것이 나에 대한
할머니의 사랑이어라

명렬님

비전을 품고 사셨네
지인들을 만나면 덕담을 해 주시고
바라던 소원이 이루어지면
활짝 웃으시며 좋아하셨네
좀 더 오래 사셨으면 좋으련만 님은 가셨네

숲

숲으로 왔다
맑은 공기에 눈을 감아 본다
이름 모를 새들이 노래로 합창하고
그에 질세라 바람 소리들은
더 큰 소리로 연주를 한다

정현님

언제나 밝은 표정 환하게 웃으며 들어온다
긍정적인 생각으로 말하고
무엇보다 상대방을 배려하며
섬기는 모습이 아름답다
세 자녀들을 양육하느라 힘도 들겠지만
한결같은 마음으로 자녀들을 잘 키우고 있다
내가 가진 것 다 주고 싶다

문심님

너무 예뻐 현재의 남편에게
보쌈되어 간 곳이 결혼
예쁜 딸 하나 낳고
더 이상 생기지 않는 아이 소식
이제는 포기하고
삼십 년째 나의 헤어를 책임지고 만져 준 님이여
남은 생애는 더욱 행복 가득하소서

단비

가뭄으로 애타게 기다리던 단비가
하늘에서 주룩주룩 내려오네
땅들이 좋아서 춤을 추기 시작했네
땅들은 입을 크게 벌리고 비를 맞이한다오
덩달아 농부도 입가에 미소를 띠며
땅들과 함께 춤을 춥니다

하준님

영리하고 지혜롭다
무엇을 시켜도 열정적으로 한다
부모님께 효도하고 가문을 빛내고 형제 우애 있고
스승을 존경하며 친구들과 이웃들을 섬기며
대한민국 우리나라를 위하여
최고의 리더자가 되기를 바라본다

재남님

몸도 마음도 예쁜 님이어라
식사 때가 되면 발 빠르게 데리고 가고
몸이 피곤할까 봐 살피며
목욕탕 때밀이에게 부탁하여
얼굴에 오이팩까지 주문해 주었지
님 덕분에 몸도 마음도 쉼을 누렸다네
이제는 대접하고 싶습니다
부디 건강하게 오래오래 사세요

보리

들판이 초록으로 옷 입고
파릇파릇 뽐내던 보리들이
이제는 노란 황금색으로 옷을 갈아입었네
농부는 바쁜 몸짓으로 이마에 땀을 닦으며
100배의 결실을 흐뭇하게 바라보네

정희님

이십 세 때 친구
우리는 매일 만나
무엇이 그렇게 좋은지
깔깔대며 떠들고 놀았지

하연님

온유하며 집중력이 있다
마음씨가 곱다
감성이 풍부하다
근본적으로 부드럽다
무슨 일을 하든지 다 잘할 것이다

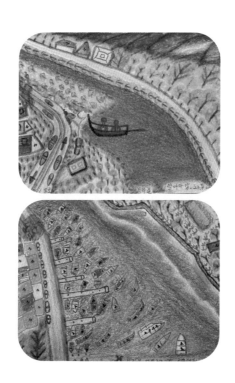

자전거

오늘도 나는 변함없이
아들이 사다 준 자전거를 타고 달려 본다
콧속으로 아카시아 향기가 들어온다
행복하다 좋다
노래를 부르며 신나게 페달을 밟는다
구름 한 점 없는 하늘은 나의 모습을 보고 있다

판수님

섬세하고 유순한 성품을 가졌다
큰 소리로 말하지 않으며
언제나 잔잔한 미소로
상대를 아주 편안하게 해 준다

하은님

명랑하며 내 것은 챙기는 확실한 성격
어디를 가든지 잘 살 것 같다
이것저것 챙기는 모습이 야무지다

샬롬

열일곱 살에 사랑하는 아버지 돌아가시고
막내로 자란 나는 병든 엄마 모시고
모진 세월 살았다네
이제 꿈갈은 세월은 흘러
어느덧 황혼에 이르렀네
감사합니다
고맙습니다
샬롬

상수님

인자하신 대한민국의 아버지
제가 양산에서 청소년들을 섬기고 있을 때
격식 따지지 않으시고 오셔서 격려해 주시며
다음에 또 보자고 하시며 가신 발걸음
언제 또 뵈올까요?

창배님

수고의 대가를 바라지도 않는다
무조건 도와준다
고마운 마음에
식사 대접이라도 하려고 하면
손사래를 친다
어쩌면 그럴 수 있을까
건강하게 오래오래 사세요

들꽃

공기는 맑다
하늘은 구름 한 점 없고
자전거 바퀴는 잘도 굴러간다
아~ 행복이란 이런 거로구나
들꽃들은 방긋 웃고
나를 반겨 주네
향기로운 냄새를 선물로 주네
꽃들은 나를 향해 춤을 춘다

상규님

이십구 세 삼십 세 때 교수님을 만났다
얼마나 바쁘게 사시는지
옆으로 다가갈 수 없었다
세월은 흘러 칠십이 세가 되셨다니
세월 참 빠르다
건강하게 오래 사시옵소서

계희님

언제나 소녀처럼 소근소근 말한다
조용하게 미소 짓는다
하시는 일들은 똑 부러진다 여장부다
한마디로 대단하신 분이다
이제는 건강 챙기면서 행복하소서

보석

이천이십삼 년 오월 이십 일 오전 아홉 시
우체국 택배로부터 소포를 전달 받았다
그 안에는 반지가 있었다
손에 끼어 보니 맞춤 반지처럼 꼭 맞다
오늘은 결혼기념일이다
남편은 병원 입원 중이고
그럼 누가 보냈을까?
이십오 년 전 학교 동창생인
님이 보낸 것이었다
감동이어라

진숙님

청소년 섬기려다 돈이 필요하여
전화 상담해 주는 사무실에서
일을 하게 되었다
초라하게 입은 나를 보며
님께서는 아래위를 쳐다보며
옷부터 갖춰 입으라고 하였다
내가 하고 있는 취지를 알고부터는
깍듯이 대하며 최고의 후원자가 되었다

복남님

이십 년 넘게 보내면서 한결같이 변함이 없다
어디를 가면 먼저 앞장서서 비용을 낸다
모임에서 멋진 분이라고 소문이 났다

바램

캠핑카를 타고
전국 방방곡곡을 다녀 보고 싶다
운전을 못 하는 나는
꿈으로만 그려 본다

선주님

내가 힘들 때 먼저 찾아오셨네
잘될 거라며 힘을 팍팍 실어 준다
고맙습니다
감사합니다
건강하세요
행복을 빌어 본다

옥희님

삼십 년 동안 아들과 함께 살고 있다
착한 아들 결혼시키고 이제는 혼자다
어디를 내놓아도 빠짐이 없는 분
혼자 두고 보기는 참 아까운 님이어라
몇십 년 만에 님을 만나 식사 대접을 받았다
님은 반짝이는 눈으로 나를 보며 이렇게 말을 한다
어쩜 옛날이나 지금이나 변함이 없으세요
그대로예요 활기차고 밝고 긍정적이고
걸음걸이도 힘 있고 예전 그대로예요
하면서 나를 보고 환하게 웃는다
나는 그렇게 말해 주는 님이 더 예뻐 보였다
다음에는 내가 대접하겠노라고 하고
우리는 헤어졌다

멍 때리는 새

사람만 멍 때리는 줄 알았다
가까이 가서 사진을 찍는데도
멍 때리고 있는 새
무슨 생각을 하고 있는 거니

초영님

초청해 주는 분 얼굴도 모르고
미국 뉴저지로 건너갔다
우리 일행 세 명 중에
한 명은 벌써 하늘나라로 이사를 옮겨 가고
미국 계시던 님은 한국으로 들어왔다
지금 생각해 보니 그때가 또 그립다
아낌없이 베풀어 준 님께 고개 숙여
고마운 마음 전한다

덕모님

말이 별로 없다
기쁨도 슬픔도 표현을 잘 안 한다
속이 바닷속처럼 깊어 마음을 잘 모르겠다
아들 손자 보고파 미국 건너간 지
한참 후에야 소식을 접할 수 있었다
미국 좋은 소식 사진 찍어 보내시구려

비행기

기다리고 기다리던 그날
공항으로 가는 길이 즐겁다
비행기 탑승하여 창가에 내 자리
창밖을 보며 나는 생각해 본다
사람들마다 희·로·애·락을 안고
목적지로 향하여 가겠지…

복선님

사십구 년 된 친구여 고맙네
배가 고파 친구 집으로 가면
친구 어머님은 얼른 밥을 차려 주셨지
부산 아미동 산동네 작은 집에는
그렇게 웃음꽃이 피었지
이제는 무조건 내가 밥 대접하고 싶네

길영님

참으로 친절하신 님
항상 웃음으로
상대방의 마음과 표정을 살펴 주시지
님 같은 분들이 이 세상에
많으면 좋겠다고 생각하였지

오디

작은 정원에 심은 오디나무
탐스럽게도 익었구나
잔디밭에 풀을 뽑고
고개를 들어 보니 오디가 나를 바라보고 있다
나는 그만 오디를 따 먹고 말았다
고맙다 오디 내년에도 또 만나자

영규님

상대방을 칭찬하기란 쉽지가 않다
님은 항상 상대를 위해 준다
마음씨도 곱다
대접하기를 좋아한다
주위 사람들을 도와주려고 애를 쓴다
건강하게 오래오래 살았으면 좋겠다

우간다 Uganda

이천십칠 년 이월 유니온 비전 미션을 통하여
우간다를 방문하게 되었다
엔테베 공항에 내리니
그 나라의 독특한 공기와 냄새
창밖으로 맨발로 걸어가는 아이들을 보았네
순간 눈물이 난다
나는 일행들이 볼까 봐
선글라스를 끼고 눈물을 훔쳤다
아버지가 돌아가시고 철들었는데
우간다에 다녀오고 더 철이 들었네
그렇게 이천십팔 년 이천십구 년
이천이십 년 이천이십이 년
다섯 번을 다녀왔지만 또 가고 싶어라

순행님

마산에서 고향 나주로 가 버렸다
이십 년 전에 떠나가도 변함없이
잊을 만하면 소식을 전해 온다
오월 이십구 일 월요일 부부 함께
우리 집으로 와서 1박 하기로 되어 있다
정성껏 대접해야겠다

금용님

힘들고 어려울 때 도와주셨네
나의 아들이 대학 시절 방 얻을 돈이 없을 때
님의 아들 방을 선뜻 내어주셨네
그때 정말로 눈물 나게 고마웠네
건강하게 오래오래 뵙고 싶어라

경숙님

얼굴도 예쁘고
마음씨도 착한 님
이십육 년 전 만나 지금까지
요즘 엄마 모시고 산다고 고생이 많아요
여건이 주어지면 여행 갑시다

웬만한 건 다 고쳐요

처음에는 힘들었네
그러나 지금은
톱질을 하고
페인트 칠 작업은 기본이고
수도 파이프 교체
형광등 갈이는 식은 죽 먹기
하수도 공사는 좀 냄새 때문에…
벌레 잡는 것은 선수가 되었다네

좌정님

매너 좋으신 님
우연히 식당에서 마주쳤는데
식사를 하고 나와 계산을 하려니
먼저 나가신 님께서 계산을 하셨다네요
그 이후 나도 대접을 해야겠다고
기회를 찾고 있으나
아직까지 못하고 있네

재규님

언제나 얼굴에는 웃음으로 가득하고
섬기고 베푸는 것을 좋아하는 님
님이 있어 세상은 아름답고 살 만하오

이만 원의 행복

어제는 남편과 통화를 하고
결혼 사십일 주년
나는 분위기 좋은 카페에서
오감즈 베이커리와 딸기 주스를 마시고
오다가 꼬막 비빔밥을 먹고
집으로 오는 길이 얼마나 행복한지
콧노래가 나왔다
살아 숨 쉬는 것에 대하여
무한 감사함을 느낀다

남진님

한결같은 모습으로
일 년 삼백육십오 일
그 자리를 지키며
환자들 남녀노소 누구에게나
똑같이 대해 주시는
물리치료사의 사명감 가지고 계신
요즘 보기 드문 님이 계시니
이 세상 살아갈 맛이 납니다

속순님

내 집처럼 드나들었네
식사 때가 되면 어머님은
고구마, 감자, 옥수수 등을 내어 놓으셨지
이제 어머님은 가시고
우리들만 남았네
다음에 만나면 맛난 거 먹읍시다
건강하게 오래 살아요

낚시

낚시꾼은 배 위에서 생각한다
이곳에 낚싯대를 드리울까
오늘은 무슨 고기가 올라올까
고기 만날 생각에
조심스럽게 낚싯대를 던졌다

종웅님

검은 머리 파뿌리 될 때까지 살자던
배우자를 먼저 보내고 준비도 없이
혼자가 되었다
단체 톡에 먹어도 배고프고
안 먹어도 배고프다는 문자를 읽을 때
우리들은 가슴이 멍해 온다

삼근님

아낌없이 베푸시는 님
지금은 어디에 계십니까
네가 잘되면 따뜻한 된장찌개
끓여 대접하겠다고 약속했는데
나는 지금 이 자리에 있는데
님은 소식이 없으나
된장 먹을 때마다 약속이 생각납니다

갤러리

그녀는 곱고 예쁘다
여린 몸으로 작품들을
그리는 솜씨는 대작품들이다
앞날에 행복만 가득하소서

사돈님

베풀고 섬기며 사시는 분
딸을 시집보내며 그 집 가서
부모 잘 섬기고 남편 내조 잘하는 것이
친정 부모 잘 섬기는 것이라고 가르쳤네
그렇게 배운 며느리는
아이 셋을 키우면서 김장 김치 담가 환하게 웃으며
내 집 안으로 들어오네
사돈 건강하게 오래오래 사시구려

남호님

이천십 년 십이월 십이 일 밤 열두 시
쿵 소리와 함께 남편이 넘어졌다
밤과 낮 열심히 살아온 남편은
그렇게 자리에 눕고 말았다
십사년 동안 병원 치료를 받고 있지만
살아 있으므로 감사하다

노래

시인은 오늘도 노래 부른다
우리들의 꽃 이야기를
우리들의 시 이야기를
우리들의 아프리카 이야기를

진주님

세월은 멈추지 않고 흐른다
초등학교 삼학년이던 님은
한 아이의 엄마가 되었구려
그때 함께 놀던 친구들은
어디서 무엇을 하고 있을까
보고 싶어라

문훈님

아들 결혼식 때 님께서 주례를 해 주셨네
유머스런 입담으로 축하객들을 즐겁게 하셨지
지금도 활발하게 활동하시는 모습이 너무 좋아요
행복하소서

미국 오빠

천구백삼십팔 년생 오빠가
연세대학교 다니던 시절
우리 동네 처녀들
너네 오빠 왔나라고 묻던 언니들은
어디에 살고 계실까
그 시절 오빠는 우리들의 우상이었는데
자녀 셋 다 잘되었으니
효도 받으시며 행복하소서

문현님

열차에서 우연히 만나
제가 살고 있는 집을 지었지
처음 보는 얼굴이지만 신뢰가 갔죠
살고 있는 지역이 다르므로
자주 만나 상담할 수 없어
문자를 주고받으며
그렇게 집을 지었네
고맙습니다
감사합니다

홍준님

어려운 부탁을 들어주셨네
그것도 단 한 번에
하지만 나는 개인적 사정으로
결정된 일을 지키지 못하였네
님은 그 일을 잊으셨겠지만
나는 평생 고마운 마음 품고 살았네
아주 멋진 곳에서
두 부부 모시고
따뜻한 식사 대접하고 싶어라

베어드

베어드 선교사님 백삼십 주년 기념날이
마침 나의 생일날
식사 대접을 할 수 있는 기회가 되었다
모두들 한마음으로 축복해 주시니
행복하여라

옥분님

이십오년지기 친구는
마음씨가 곱고 착하다
뜻이 맞지 않은 남편과 다투고 나면
나에게 하소연하곤 하였지
자녀 세 명 낳아 잘 키웠고
이제는 행복하다고 하니 나도 기분 짱!

애영님

평생을 열심히 일하며
큰살림 꾸려 왔으니
이제는 쉼 누리며
부부 손 꼭 잡고 좋았던 일
생각하면서 행복 누리소서

산딸기

복, 숙님과 함께 우리 산으로 갔네
돌복숭, 머위, 딸기, 앵두 등이 한가득
군청 앞 쉼터에서
귀인님이 커피를 대접해 주었네
귀인님은 청도역까지 편하게
가라며 택시를 잡아 주었네
택시 사장님 요금을 안 받으시네
다음에 식사 대접하겠다며
휴대폰 번호를 달라고 하니 사양하네
역 앞까지 짐을 올려주시고는
손 흔들며 달려가셨네
청도 개인택시 5834
사장님과 귀인님께 고개 숙여 감사 올립니다
복 많이 받으세요

보물찾기

체육대회를 하고
보물찾기는
모든 행사의 꽃이다
뽑기 선물은 삼만 원
이만 원, 만 원, 오천 원
꽝은 없었노라

소풍

어린이들과 함께 소풍은 늘 긴장된다
한순간도 눈을 뗄 수가 없다
아이들이 집으로 돌아간 후에도
나는 늘 아이들 생각뿐이었다
보고 싶어라

노년에 명심하기

걷기 운동하라
말을 줄이라
밥을 줄여라
화를 내지 말자
욕심 부리지 말자
노년을 아름답게 살자

찹쌀떡

여자 청년 열 명
남자 청년 한 명
크리스마스 이브날 모였네
게임도 하고 기타 치며 노래도 불렀네
남자 청년이 살며시
내 호주머니에 뭔가를 넣어 주었네
집에 돌아와 확인해 보니 찹쌀떡 한 개
그렇게 인연이 되어 현재의 남편이 되었네
운동을 싫어하는 남편은 십사 년째 누워 있네

흔적

초등학교 육학년 때 우리 집에서 키우던 개에게
밥을 줄까 말까 하다가 허벅지에 물렸다
막내를 사랑하셨던 아버지 나를 업고
십 리를 치료 받으러 달려가신 기억이 난다
손자 손녀들은 말한다
할머니 집에는 다 있는데
없는 것이 딱 하나 있다고
무엇이냐고 물으니 "개"라고 한다
나는 어릴 적 개에게 물린 상처가
지금도 허벅지에 있으므로
개는 안 되겠다고 마음속으로 답한다

애기 발가락

유년 시절 문을 열고 닫을 때마다 유난히
왼쪽 애기 발가락이 문지방에 부딪혀
발톱이 골병들어 평생을 살았다
다행히 아들이 처방해 준 덕분으로
지금은 깨끗해졌다
삶이 즐겁다

출근길

이십 년 전에 부산에서 마산으로
출근을 하기 위해 버스를 탔다
갑자기 비가 쏟아진다
바람이 불어 나무들이
두 팔 벌려 춤을 춘다
나뭇잎들이 소리친다
앞쪽만 씻지 말고
뒤쪽도 씻겨 달라고

꽃

꽃들이 거센 바람에 힘없이 나부낀다
꽃잎들이 발발 떨고 있다
서로를 의지하며 넘어지지 않으려고
온몸으로 바람을 막아 본다
장하다 훌륭하다 꽃들이

친구

복날이나 동지 팥죽날이 되면
친구 부부는 꼭 나를 챙긴다
텃밭에 심어 놓은 채소들은
언제든지 뽑아 먹으라고 한다
진심으로 베푸는 친구 부부께
나도 맛난 식사를 대접해야겠다

옆집 어머니

옆집 어머니께서 나를 보더니 반갑다고 하신다
그동안 왜 안 보였냐고 하며
살구를 줄 테니 가지고 갈 테냐고 물어보신다
다른 분들 안 주고 나를 주시려고
고이 보관해 두었다고 하신다
이것저것 챙겨 주시는 이웃분들의 마음과
정성 때문에 세상 살아갈 맛이 난다

기쁨

시간을 내어 아들이 강의를 나가는데
이번에는 금요일 오후 두 시 삼십 분에서
네 시 반까지 구미 모 회사원
수백 명이 모인 곳에서
세미나를 한다고 하였다
나는 분위기를 즐겁고 웃음이 있는 강의를
하였으면 좋겠다고 하였다
다들 바쁜 삶에 지쳐 있을 테니
딱딱한 세미나가 아니라 편안한 마음으로
기쁨이 있고 유익하며 행복한 시간이 되기를 바라본다

휴가

서울에 살고 있는 지인이 나에게
휴가 때 어디로 가느냐고 물었다
마음만 먹으면 언제든지 집을 떠날 수 있는
나이가 되어 날마다 휴가라 계획이 없다고 했다
아들 가족이 휴가를 간다며 나와 점심을 먹으며
목요일 날은 물놀이 함께 갑시다 하고는
가족을 태우고 잘 다녀오겠다며 떠났다
활짝 웃으면서 손을 흔들고
떠나는 표정들이 참 보기 좋았다
아이 셋을 데리고 아들과 며느리가 여행을
떠나는 모습이 너무 멋지고 훌륭해 보였다
나는 순간 행복을 느끼며
바라보기만 해도 부자가 된 기분이었다

물놀이

이십 년 만에 가족과 함께 물놀이를 갔네
하루 종일 파도 타기를 하였네
어디서 에너지가 솟아나는지
나는 아이처럼
그렇게 놀았네
하준, 하연, 하은 신난다
재미난다 즐거워하네
하은이는 콧노래를 부르네
그렇게 아쉬움을 뒤로하고
내년을 기대하며 즐거운 마음으로
집에 왔네
미리 준비해 놓은 닭백숙을
배부르게 먹으니
세상 부러울 것 없이 행복하네

사랑하는 아이들

사랑하는 아이들과
새로운 자전거를 만나기 위해
대리점에 갔다
요즘 나오는 최신형으로 주문했다
돌아오는 길에 맛난 음식을 먹었다
아이들이 참 맛있게 먹는다
입가에 미소를 짓게 한다
건강하게 자라서
훌륭한 사람이 되기를 바라본다

책임

초등학교 육학년 때 집 앞 도랑에 떠내려가는
이웃집 남동생을 물에서 건졌다
우리 집은 낙동강 끝자락에 있었는데
홍수로 물에 잠기기도 하였다
강물에서 수영할 때는 물뱀도 지나가고
발끝으로 깔짝깔짝해서 조개를 확인하면
점프해서 건져 올리기도 했었다
중1 때는 웅덩이에 빠져 죽을 뻔도 하고
그래서인지 지금은 높은 지대에서 산다
사십 대 때 아이들과 계곡으로 물놀이를 갔는데
여자아이가 물에 빠져 건지고
그다음에는 천으로 갔는데 남자아이가 허우적거렸다
첫 번째 아이는 나의 책임이 아니었으나
두 번째 세 번째는 내가 책임진 아이들이라
무조건 건져야 한다는 마음으로 달려가
머리를 잡아당기니 스르르 올라왔다
다리를 잡고 흔드니 눈, 코, 입에서 물이 나왔다

그 이후 해운대 바다에서 파도에 휩쓸려 죽을 뻔하고는
다시는 물 옆으로 가지 않았다

날다람쥐

문 선생은 정년퇴직할 때
대통령 표창장을 받았다고 하면서 보여 준다
나는 내 일처럼 기쁘고 좋아서
평소에 고맙게 해 준
친구 부부와 함께 점심 대접을 하였다
날다람쥐 문 선생은
그동안에 좋았던 추억들을
재미있게 이야기한다
하지만 날다람쥐는 사랑하는
아내를 하늘나라로 먼저 보내고
혼자가 되었다
아내를 보낸 슬픔을 잊으려고
논, 밭일을 열심히 한다
문 선생은 말하기를 날다람쥐처럼
부지런히 그리고 정직하게 살았다고 한다

처음 작품

책 작업을 위해 집을 나서며
이렇게 생각했다
노래 작업도 했고
책도 발간하고
이제 그림만 하면
해 보고 싶은 것 다 하겠네라고
작가가 운영하는
북삼 송사리 갤러리 체험관을 방문해
맛난 식사를 하는 도중
강의를 하고 올 테니 세 시간만
혼자 그림 그리고 계세요라고
작가가 말했다
나는 깜짝 놀라며
아침에 집에서 출발할 때
생각해 본 그림을
한 번도 걸어가 본 적 없는 그림을
도자기에 특수 물감으로 그려 보았다

109

선생님께

선생님 지난번에 짝지를 바꿔 주신다고 하셨는데
너무 오래 끄는 것 같아요
그러니 짝지를 좀 바꿔 주세요
선생님은 제2의 부모잖아요
탈무드에 보면 부모가 자식에게
거짓말하는 것은 도둑질을 가르치는 거나
마찬가지란 말이 있잖아요
그러니까 저희들에게 거짓말하시면 안 돼요
그리고 체육 시간에 체육복 안 입고 와도
체육을 시켜 주세요
어린이는 몸과 마음이 튼튼해야 하잖아요
숙제는 작게 내주시고
산수 말고 다른 것도 내주세요
반장으로서 부탁드려요
1994.5.14. 아들 일기 중에서

작은 고동

미끄러운 돌멩이들과 거센 파도와 싸우며
바위틈에 붙어 있는 작은 고동 잡는 모습을
옆에서 지켜보았다
그렇게 잡은 고동을
나의 손에 살며시 쥐어 준다
나는 요리를 할 줄도 모르니 괜찮다며 사양을 해도
누구나 까서 먹으면 된다고 하면서
다시 손에 쥐어 준다
고마운 마음에 들고와 시키는 대로 하였더니
이렇게 먹고 싶은 고동이 속살을 드러내며
변신을 하였다
북, 숙, 옥님께 감사드린다

호박잎

문득 내 두뇌를 깨웠다
병든 엄마와 살고 있는
처녀 지인이 생각난 것이다
내가 줄 수 있는 것이 무엇일까
생각하니 호박잎이 보였다
준비하여 시골길 한 시간을 걸어 우체국으로 향했다
걸어가는 길이 너무 멀다
땀은 비 오듯 내 온 몸을 적신다
우체국에 도착하니 주소가 다르다고 확인을 해 보란다
전화를 해 보니 꺼져 있다
문자를 하고 전화를 해도 계속 꺼져 있다
집으로 돌아가는 길이 염려가 된다
어떻게 한 시간을 걸어갈까
지인과 통화되기를 기다리며 걸어갈 걱정을 한다
그런데 옆에서 택배를 부치는 분의
음성을 들어보니 우리 집을 지나서 가는 분이다
나는 마음속으로 너무 반가웠다
태워 주며 어떻게 왔느냐고 묻는다

나는 운동 삼아 걸어왔다고 했다
섬김이란 희생인데 참 어렵다
그러나 기분은 좋다 고맙고 감사드린다

꿈을 가져라

주위 환경을 깨끗이 하고
약속 시간은 오 분 전 십 분 전에 도착하고
어두움은 잠 잘 때만
좋은 생각하고 밝은 표정을 짓고
상대방이 연락 오면
예와 아니오를 분명히 하고
안 좋은 것은 가능하면 빨리 잊고
미래를 설계하고 꿈을 가져라
비전이 없는 삶은
행복할 수가 없다
행복하고 싶다면 꿈을 가져라

참박

우리 집 담장에서 앞집 담장으로
넘어간 참박이 어느 날
조용히 우리 집으로 다시 넘어와 있었다
나는 깜짝 놀랐다
앞집 부부는 우리 집 나무에
약도 쳐 주시고
나뭇가지가 뻗어 나가면
전지도 해 주신다
손주가 세 명이라고 하니
성공했다며 칭찬도 해 주시고
베풀어 주시는 마음이 고마워
대접하려고 하면 손 흔들며 가신다
두 부부 건강하게 오래오래 사세요

하늘

천구백구십사 년
시월 이십팔 일 금요일 맑음
하얀 구름 동동동 하늘에 떠간다
엄마 구름 아기 구름
아빠 구름 할머니 구름
대가족 구름이 파란 하늘에 떠다닌다
어! 할아버지 구름이 없네
할아버지 구름은 저기 저어기
손오공이 타고 오네
그 뒤에 깡패 먹장구름이 오네
비 다 빼앗기겠다 어서 도망치자
그러나 먹장구름은
어느새 비를 빼앗아 땅 위에 뿌린다

아들 일기 중에서

아들 일기장 중에서

어머니 생신이 되었다
아버지께서 장미꽃 사십 송이와
옷을 어머니께 선물로 주셨다
그러나 나는 어머니께
아무것도 드리지 못했다
조그마한 선물이라도 드리고 싶었는데
어머니는 나에게 얼마나
많은 것을 해 주셨는데
이렇게 생각하니
더 미안한 생각이 든다
어머니 정말 미안해요
다음에는 꼭 챙겨 드릴게요
1994. 4. 12.

형태 올림

서정애 선생님께
안녕하세요 스승의 날을 맞이하여 편지를 올립니다
매주 선생님을 보면 아주 웃겨요
선생님의 열성적인 모습을 보면 왜 이렇게 우스운지
모르겠어요
하지만 그런 점이 선생님의 장점인 것 같아요
선생님께서는 누구보다 더 우릴 아껴 주는 것 같아요
아! 선생님 우리 한 번 더 단합대회 안 해요?
웬만하면 한 번 더 하는 게 어때요
새로 온 아이들도 있는데 반의 단합을
위해서 한 번 하는 게 어떨까요
이렇게 스승의 은혜를
돌아볼 수 있는 날이 있어서 좋아요
선생님 몸 건강하시고요 열심히 힘써 주세요
1998년 5월 15일
제자 김형태 올림

식이가

To 서정애 선생님
우리 반 아이들에게 끊임없는 사랑
주신 것 감사합니다
내년에도 선생님 반 학생들은 복 받을 것 같아요
3학년 때도 선생님 반이 되고 싶어요 그럼
From 효식

선상님 선생님 생선님 거!
From 식이가
1996.10.22.

126

검정 고무신

어린 시절 너무나도
신기 싫었던 검정 고무신
이제는 추억의 신발로
예쁜 신발로
신어 보고 싶은 신발로
변신을 했네
나의 작품일세

며느리의 편지

아버님 저 정현이에요
병원 생활은 잘 적응하고 계신지요?
아버님 아프시지만 늘 뵐 때마다
밝게 웃어 주시고 고맙습니다
앞으로 제가 더 잘해 드릴게요~
언능 건강 되찾으시고
함께 행복하게 지내요^^
해피 크리스마스 되시구
새해 복 많이 받으세요
2011.12.21.
이쁜 정현 드림

군 생활

의무병으로 군 생활은 시작된다
아들 키워 군 입대시켰으니
부모로서 나라에 할 일 다 했다고 하니
아들은 그렇게 이야기해 주시는 멘트가
맘에 든다고 했다
밤에 잠을 자려고 하는데
옆에 누운 병사가
아들 몸을 만지려고 했다고 한다
아들은 왜 이러십니까 하고
이불을 차 버리니
다음부터는 괴롭히지 않았다고 한다
한참 세월이 흐른 뒤에 듣게 되었다

허벅지

아침이 되어 중3 아들을
깨우기 위해 이불을 들춰 보니
세상에 세상에 아들 허벅지가 새파랗다
이거 왜 이러냐고 물으니 반 친구들이
선생님 말씀을 안 듣고 떠드니까
전교회장이고 반장이라
대표로 나오라고 해서 맞으니
반 친구들이 미안해하면서 조용해졌다고 한다
나는 할 말을 잃었다
지금 생각하니 헛웃음이 난다

벌금

손주들 자랑하면 이만 원
애완견 자랑하면 삼만 원

작품

작품을 올리고
강의를 하고
발표회를 하고
지난 세월들이
다 작품이어라

설레임

기다리고 기다리던 만남
일곱 명의 멤버가
한자리에 모였다
점잖은 성팡님
특히 옥순님은 우리들의 만남이
설레어 밤에 잠 못 이루었다고 한다
그렇게 우리는 일곱 시간을 순식간에 보내고
다음 만남을 기약하고 헤어졌다

달과 별을 보고

옛날에 오빠가 소개해 준
모 회사 검사과에 들어가게 되었다
대저에서 출발하여 구포 다리를 건너
철길을 넘어 덕천동을 지나
만덕동 직장까지 걸어서 다녔다
어느 날 윗분으로부터 지병이 있는
엄마가 쓰러졌다는 소식을 전해 듣고
나는 아무 생각 없이 아침에 걸어왔던 그 길을 걸었다
철길을 건너는데 어디선가 뿌뿌 하는 소리가 들려왔다
나는 철길 위에서 이 소리가 어디서 나는 소리지 하며
오른쪽으로 고개를 돌리니 기차가 오고 있었다
본능적으로 발을 굴려 팔딱 뛰었고
기차가 휙 지나갔다 죽을 뻔했다
오십 년이 지난 일이지만 지금 생각해도
머리가 쭈뼛쭈뼛 선다
그 시절 출근할 때 달 보고 별 보고
퇴근할 때 달 보고 별 보고

십 리 이십 리는 보통으로 걸어 다녔다
지금도 나는 잘 걸어 다닌다

캠핑존

가족과 함께 캠핑존에 갔다
일박 이일 사용료 삼만오천 원
전기 시설이 잘되어 있어
편리하고 화장실 또한 깨끗하다
주위 환경이 너무 마음에 든다
흐르는 물소리와 새들이
반갑게 인사를 해 준다

가을

그동안 준비해 온 작품이
결실의 계절 가을이라는 이름으로
내 곁에 살며시 다가와
고개 숙여 인사를 한다
끝으로 직접 작사 작곡한
사랑이란 제목의 시를
한 소절 소개하면서
마무리를 하려고 한다

사랑

사랑은 사랑은 아름다운 것
사랑은 아름다운 것
사랑은 사랑은 아름다운 것
무지개 같은 사~랑~아

의사 엄마는
꽃, 시, 아프리카를
사랑한다

ⓒ 서정애, 2023

초판 1쇄 발행 2023년 12월 12일

지은이   서정애
펴낸이   이기봉
편집   좋은땅 편집팀
펴낸곳   도서출판 좋은땅
주소   서울특별시 마포구 양화로12길 26 지월드빌딩 (서교동 395-7)
전화   02)374-8616~7
팩스   02)374-8614
이메일   gworldbook@naver.com
홈페이지 www.g-world.co.kr

ISBN   979-11-388-2577-1 (03810)